Y

Sausoir

RÉPONSE

A LA SATIRE INTITULÉE

LA FIN DU 18e SIÈCLE,

O U

Conseils à un jeune Poëte qui veut embrasser
le genre de la Satire.

Par le Citoyen Dusausoir, Membre de la
Société des Belles-Lettres.

Un é.rit clandestin n'est pas d'un honnète homme ;
Quand j'accuse quelqu'un, je le dois et me nomme [1].
Gresset, Comédie du Méchant.

Prix : 30 centimes.

A PARIS,

Chez Surosne, Libraire, deuxième cour du
Palais-Égalité;
Et les Marchands de Nouveautés.

AN VIII.

De l'Imprimerie de MOLLER, au Couvent des Filles-Thomas, vis-à-vis la rue Vivienne.

ÉPÎTRE

*A un jeune Poëte qui veut embrasser
le genre de la Satire.*

Comme toi, des beaux vers je connais la puissance ;
De leurs touchans accords la divine influence,
Par un charme secret et console et séduit ;
Elle échauffe le cœur, elle élève l'esprit :
Ah ! combien il est doux de chanter ce qu'on aime.
Le poëte content se suffit à lui-même,
Son génie embrasé par le feu du desir,
Enfante un vers brûlant où se peint le plaisir.

Mais, crois-moi, cher Damis, renonce à la satire ;
On ne saurait aimer le trait qui nous déchire ;
Contemple avec dédain ces rimeurs envieux,
L'un sur l'autre acharnés, se déchirer entr'eux ;
Semblables aux vautours qui fondent sur la proie,
Brille dans leurs regards une barbare joie ;
Quand d'une serre avide on les voit déchirer
L'agneau qui sur les fleurs se plait à folâtrer.
Ou tel un loup, pressé par la faim qui le chasse,
Hors du bois il s'élance, et de sa dent vorace
Il saisit avec rage un innocent chevreau
Qui broute, en sautillant, la feuille de l'ormeau.

Laisse le froid Cléon, plagiaire imbécile,
Creuser à nos dépens sa mémoire servile,
Et récitant par-tout des morceaux empruntés,
Citer, comme de lui, les vers qu'il a gâtés ;
Garde-toi d'imiter ces tristes pamphletaires,
Des poisons de Zoïle affreux dépositaires,
Aristarques sans goût, sans bon sens, sans raison,
Qui trouvent tout mauvais et ne font rien de bon ;
Laisse-les dénigrer des hommes estimables,
Chéris pour leurs talens, pour leurs vertus aimables ;
Le reptile qui siffle en un marais fangeux,
N'altère point l'éclat d'un soleil radieux.
On imprime un libelle ? un libelle fait rire ;
On l'annonce, et bientôt dans un premier délire
Le public curieux y court avec fureur ;
Il lit, il se repent ; il foule aux pieds l'auteur.
Ose avouer tes vers ; un écrit anonime
Prouve un lâche écrivain indigne de l'estime ;
Laisse dans le mépris ces nouveaux Marsias
Convoiter les chardons qui couronnent Midas.
Je le dis franchement, leur courroux me fait rire ;
Je leur livre mes vers ; ils peuvent en médire,
Les trouver froids, sans goût, blâmer mes soixante ans,
Et de leur souffle infect souiller mes cheveux blancs (2) !
En paix avec mon cœur, je sais braver leur rage ;
Qu'ils frondent mes écrits, mais respectent mon âge !
La vieillesse a des droits sur l'homme vertueux,
Et qui l'ose insulter est un monstre odieux.
Que fait à *Demoustier* [3], à *Luce* [4], à *Chabeaussiere* [5],
A *Laya* [6], dont la plume et savante et sévère
A combattu l'erreur en défendant les loix,
Que Zoïle contr'eux ose élever la voix ?

Qu'importe à *Rœderer*, à *Vigée* (7), à *Despaze*,
Qu'un misérable auteur, dans une plate phrase,
Ose citer leurs noms justement estimés?
En sera-t-il moins sot? seront-ils moins aimés?
Non, non! le vrai talent, en dépit de l'envie,
Franchit sans s'arrêter les bornes de la vie,
Et tel un aigle altier qui fixe au loin les mers,
Il dédaigne un ciron et plane au haut des airs.

De grace, réponds-moi, que produit la satire?
C'est un art dangereux que celui de médire.
Le chantre du Lutrin se fit des ennemis,
Et le joyeux Scaron eut toujours des amis;
On craignait *Despréaux*, on aimait *Lafontaine*;
Pourquoi? c'est que toujours la candeur nous entraine;
Florval n'a rien gagné pour critiquer autrui,
Et ses vers avortés font mal parler de lui;
Vainement de *Boileau* l'humeur impatiente,
Ornait de vers pompeux la satire mordante;
Par un plus doux moyen, il charma l'univers,
Ce fut en lui dictant des loix sur l'art des vers.
Une sage critique est faite pour instruire;
Mais la critique, ami, ce n'est point la satire;
C'est un flambeau brillant qu'allume la raison,
Qui de la flatterie écarte le poison;
Sur le défaut de goût, il dirige, il éclaire;
Avec ménagement, son reflet salutaire
Nous atteint, et présente un fidèle miroir
Où l'orgueil insensé redoute de se voir.

A tes jeunes talens, j'offre un plus noble usage;
Aux grâces, aux vertus consacre ton hommage;

Que tes vers amoureux peignent la volupté,
Et que *Bernard* t'instruise à chanter la beauté ;
Des arts consolateurs ose aggrandir la sphère ;
Chez les peuples lointains vas porter la lumière ;
Qu'une morale pure embellisse tes vers,
Par d'utiles écrits, éclaire l'univers ;
Dans le sublime élan d'une intrépide audace,
Veux-tu d'un vol rapide atteindre le Parnasse ?
Et de l'ode pompeuse esquisser les tableaux ?
De *Pindare* ou *Lebrun* emprunte les pinceaux ;
De l'amour outragé, si tu peins les alarmes,
Pour que son désespoir nous présente des charmes,
Vas près de *Collardeau*, les yeux baignés de pleurs,
De la tendre Héloïse écouter les douleurs.
Préfère-tu les champs ? que ta muse docile
Consulte chaque jour *Saint-Lambert* et *Delile* ;
Si tu veux du théâtre affronter les hazards,
Sur *Corneille* et *Racine* arrête tes regards ;
Animé par l'amour, dans un bouillant délire,
Pour un sexe enchanteur que ta muse soupire !
Il règne sur le monde ; au sommet d'Hélicon,
C'est lui qui mêle un myrthe au laurier d'Apollon ;
Les muses tour-à-tour y tressent sa couronne,
Et d'immortelles fleurs elles ornent son trône ;
A leurs côtés, Sapho soupire ses malheurs,
Et pour l'ingrat Phaon répand encor des pleurs ;
Le dieu lui-même enfin, quand il monte sa lire,
D'une nymphe amoureuse attend un doux sourire,
Il l'obtient, et bientôt ses sons mélodieux
Triomphent de la nymphe et vont charmer les Dieux ;
La Beauté seule, ami, forme le vrai poëte,
Et les vers qu'elle inspire, Amour les interprête :

C'est l'Amour qui des arts allume le flambeau,
Il leur prête toujours quelque charme nouveau.

Vole près d'Egerie, et d'une main légère
Orne son jeune front d'une fleur bocagère;
Si le nom de Rosette embellit tes chansons,
Que l'aimable pudeur en module les sons;
Conduis le jeune Hylas près de sa Timarette,
De roses, de rubans qu'il orne sa houlette;
De l'Idille riante offre-nous les tableaux,
Décris les prés, les bois, les vergers, les hameaux,
C'est-là qu'à tes regards s'offrira la nature,
Et que tu puiseras dans une source pure;
C'est-là que le plaisir formera tes talens,
Et que la vérité dirigera tes chants!

Écoute les conseils que l'amitié m'inspire,
Crains l'art trop dangereux de blâmer, de médire;
Quand on a, comme toi, de l'esprit, des talens,
On doit chasser au loin de funestes penchans;
Franchis d'un pas hardi la pénible barrière,
Qui des arts enchanteurs nous ouvre la carrière;
Si tu veux que ton vers soit par-tout approuvé,
Écris comme *Voltaire*, imite *Legouvé* [8];
Prends les mâles crayons de l'auteur de *Lucrèce* [9],
Qui, comme toi, paré des fleurs de la jeunesse,
Sur la scène tragique a triomphé trois fois,
Et s'est à notre estime acquis de justes droits;
Sous les loix du bon goût que ta muse rangée
Puise dans les trésors qui s'ouvrent pour *Vigée*.
Successeur de *Gresset*, cet élégant auteur
Prête à la poësie un attrait séducteur;

L'auteur d'Agamemnon [10] t'offre encore un modèle,
Son succès éclatant doit stimuler ton zèle.
Voilà ce que propose à tes nobles travaux
Un ami qui te croit digne de tels rivaux;
Sur le Pinde, auprès d'eux, ose marquer ta place,
Et nous applaudirons à ta naissante audace.

FIN.

NOTES.

[1] Horace, Perse, Juvénal, Boileau, Piron, Pa-lissot, Gilbert, Clément, et tant d'autres qui ont exercé le genre de la satire avec célébrité, n'ont pas craint de se nommer; pourquoi l'auteur de la *Fin du dix-huitième Siècle* reste-t-il dans l'obscurité? C'est qu'il se rend justice.

[2] Je remercie l'auteur de la satire, il m'a donné une preuve de sa bienveillance; il a changé les quatre vers qu'il avait bien voulu me destiner, et qui ont tenu leur place dans les trois premières éditions; ces vers ridi-culisaient mon âge, mes cheveux blancs, et mes vers; ceux qu'il y a substitués m'assènent de bonnes grosses injures; c'est bien aimable à lui; il peut rire à mes dépens autant qu'il lui plaira; liberté toute entière; je le prie, au surplus, de croire que ses injures ne me déshonoreront pas plus que son libelle m'a honoré. J'ai dit tout ce que j'avais à lui dire; c'est assez...

[3] Auteur des charmantes Lettres à Émilie sur la Mi-thologie; d'Alceste à la campagne, du Conciliateur, des Femmes, comédies toutes restées au théâtre, et toujours revues avec un nouveau plaisir, si on excepte Alceste à la campagne, dont on est privé, parce que le théâtre à qui cet ouvrage a été confié n'existe plus; enfin, de l'Amour filial, opéra mis en musique par le citoyen Gavaux, dont les talens sont chéris du public toujours juste. Tous ces ouvrages ont assigné au citoyen Demoustier une place parmi nos littérateurs les plus distingués.

[4] Professeur au Prytannée Français; auteur d'Hor-misdas, de Périandre; littérateur qui sans doute n'a pas

encore obtenu les grands succès que ses vrais talens lui
promettent ; mais dont le nom ne peut être atteint par un
pitoyable pamphlet.

[5] Homme de beaucoup d'esprit ; auteur des Maris
corrigés , comédie en trois actes ; de l'Eclipse totale , du
Corsaire , d'Azémia , ouvrages dont le succès au théâtre
de l'Opera-Comique , rue Favart , est assuré. Ce littérateur est en outre connu par des traductions estimables , et
d'autres poësies légères qui ont réuni tous les suffrages
dans différentes sociétés littéraires.

[6] Qui n'a pas admiré le courage de ce jeune penseur,
qui , dans les tems affreux où la France était couverte de
deuil , a osé combattre les tyrans révolutionnaires , et
enrichir la scène française de l'Ami des loix ? Ce même
théâtre lui doit les dangers de l'opinion , Calas ,
Falkland , qui , malgré son peu de succès , n'en prouve pas
moins une forte conception et de vrais talens drama-
tiques ; le citoyen Laya n'est pas moins connu par la très-
belle Héroïde des derniers adieux de la présidente Tour-
vel , et l'Épitre à un jeune cultivateur nouvellement élu
député , épitre qui réunit aux pensées les plus profondes
une poësie élégante et harmonieuse ; cet auteur est en
outre connu très-avantageusement par des dissertations
lumineuses sur différentes sciences.

Le public doit à la plume du citoyen *Laya* une nouvelle
production , qui a pour titre : Coup-d'œil philosophique et
moral sur l'histoire de la pastorale. Cet ouvrage , inséré
dans les Veillées des Muses , prouve les vastes connais-
sances de son estimable auteur , et le place au rang de
nos plus savans écrivains.

[7] N'est-il pas curieux qu'un homme qui n'ose s'avouer,

parce qu'il ne peut se dissimuler son ignorance; qu'un homme qui, vraisemblablement pressé par le besoin, a cru faire une satire, parce qu'il a barbouillé un libelle où il a entassé des vers de Gilbert, etc.; qu'il a pris des hémistiches entiers dans *Marius à Mynthurnes*, tel que celui-ci:

Le génie est debout *sur les débris du monde.*

au lieu qu'il est dit :

Je croyais errer seul *sur les débris du monde.*

qui dit encore :

Je l'ai juré, je veux les réduire au silence.

Gilbert dit :

Je l'ai juré, je veux vieillir en les sifflant.

qu'un homme qui a pris des vers tous faits dans Gilbert, tels que :

Exhumerai-je enfin du fonds de son tombeau.

au lieu de :

Exhumerai-je enfin du fonds de son journal.

et des tirades entières, telle que celle-ci sur les Courtisannes, et qui commence par ce vers:

A ces grands criminels, amantes scandaleuses, etc.

(J'invite les lecteurs à lire la même tirade dans Gilbert, Satire du 18e siècle ; ils reconnaîtront que notre moderne pamphletaire l'a imité servilement ; mais, hélas ! quelle différence dans l'exécution !)

N'est-il pas curieux, dis-je, qu'un écrivain de ce genre ait l'impudence d'attaquer les vers de *Vigée*, qui est généralement reconnu pour le plus pur écrivain, et à qui le public a depuis long-tems donné le titre de successeur de Gresset? L'auteur de la *Fin du 18e siècle* a-t-il lu le petit poëme intitulé : *Ma Journée*, *les Visites*, et tant d'autres écrits charmans dont le public est redevable au citoyen *Vigée*, qui a, en outre, embelli la scène française des charmantes comédies des *Aveux difficiles*, de l'*Entre-vue*, de la *Matinée d'une jolie Femme*, etc.? C'est bien là le cas de s'écrier :

Auri sacra fames!

Nous invitons l'auteur du libelle, qu'il a la modestie d'appeler Satire, lorsqu'il voudra fronder cet établissement national qui fait la gloire de la littérature, cet institut où siègent les savans les plus illustres et les littérateurs les plus distingués, de se pénétrer de ces beaux vers de la *Métromanie* :

« *Hercule a-t-il péri sous l'effort de Pygmée ?*
L'Olympe voit en paix fumer le mont Etna,
Zoïle contre Homère en vain se déchaîna,
Et la palme du Cid, malgré la même audace ,
Croît et s'élève encore au sommet du Parnasse ».

[8] Ses rares talens l'ont porté à l'Institut national dans un âge où l'on est à peine connu; les lettres lui doivent les poëmes délicieux intitulés : *Les Souvenirs*, les *Sépultures*, la *Mélancolie*. Cet auteur, qui a obtenu tant de succès sur la scène française, dépositaire de ses tragédies ; la *Mort d'Abel*, *Epicharis et Néron*, etc., vient d'acquérir une nouvelle gloire, et d'enrichir le théâtre de la superbe tragédie qui a pour titre: *Etéocle et Polinice*. Ce dernier ouvrage jouit du plus constant succès, et le public le voit toujours avec un nouveau plaisir. Le citoyen Legouvé peut sans doute avoir des rivaux, mais je ne lui connais pas de vainqueur.

[9] Le citoyen Arnaud, digne émule du citoyen Legouvé, comme lui, porté à l'Institut, est auteur de *Marius à Minthurnes*, de *Lucrèce*, des *Véniliens*, ou *Blanche et Montcassin*. Ce jeune écrivain a sa place marquée au premier rang de nos auteurs tragiques.

[10] Le citoyen Lemercier a mis sur la scène française, à l'âge de seize ans, la tragédie de *Méléagre* ; il a obtenu depuis beaucoup de succès ; mais la belle tragédie d'Agamemnon a mis le sceau à sa réputation.

Nous ne pensons pas néanmoins comme *l'anonime*, que l'auteur d'Agamemnon soit le vainqueur des *Legouvé*, des *Arnaud*, des *Chénier*, qui suivent immédiatement le doyen vénérable de la tragédie ; (le célèbre *Ducis*.) nous pensons, au contraire, qu'il faut encore au citoyen *Lemercier*, déjà bien recommandable, quelques efforts pour se placer à côté d'eux ; son triomphe est assez beau de les suivre de si près.

Observations générales.

L'anonime a fait plusieurs changemens dans son libelle ; ces changemens ne font pas honneur à sa judiciaire.

Il a aussi ajouté quelques notes ; la quinzième, qui concerne le consul Buonaparte, n'est qu'une répétition de ce qu'ont dit tous les Français ; ce ne sont pas quelques flagorneries de plus qui ajouteront à la gloire du grand homme ; une union franche de tous les Français, l'anéantissement des factions, une paix solide et glorieuse, fruit de ses nombreux exploits à la tête de nos armées, effet de ses travaux infatigables dans la magistrature suprême ; voilà ce qui peut contribuer à son bonheur, voilà sa plus douce récompense.

Plus juste cependant que l'auteur anonime, nous ne lui refuserons pas quelques talens ; son sarcasme sur le mathématicien Lalande, est heureusement tourné ; il est piquant, et se termine, d'une manière agréable, par ce vers :

« *Pleure sur les lauriers de l'Almanach de Liège*».

Nous félicitons même l'auteur d'avoir changé le second vers de cette période, où il parlait du *créateur suprême*. Mais ce talent que nous lui reconnaissons n'est encore que celui d'un écolier ; et nous demandons à l'auteur lui-même, s'il convient à un écolier de régenter les littérateurs les plus distingués, et connus par de nombreux succès ?

Nous terminons ces notes par une dernière observation ; nous avons déjà dit que l'auteur n'avait pas eu de motif plus pressant pour publier sa satire, que le besoin, et notre opinion à cet égard parait d'autant mieux fondée, que l'écrivain nous dit lui-même :

« *Je n'ai point consulté les forces de ma lire,*
Et l'indignation est le dieu qui m'inspire;
Mais dût de mes écrits le style froid et lourd
Me placer dans la fange à côté de Baourd,
Dût le public, riant d'une orgueilleuse emphase,
Me couvrir du mépris dont il couvre Despaze, etc. etc.*

Comment un homme, à qui il reste un peu de pudeur, peut-il, pour satisfaire à sa ridicule démangeaison d'écrire, consentir à courir le risque d'être dans la fange,

et de se couvrir de mépris, sentiment qu'entraîne toujours la méchanceté, sur-tout quand elle n'est pas sou-
tenue par ce rare talent qui charme et fait tout
excuser?

Fin des notes.

www.ingramcontent.com/pod-product-compliance
Lightning Source LLC
Chambersburg PA
CBHW061417170626
46811CB00005B/2022